J. D. Alexander

Gedichte schreibt das Leben

Impressum: © J. D. Alexander, Essen,2009
Alle Fotos sind von der Autorin. Vervielfältigung nur mit ihrer
Zustimmung.
Herstellung u.Verlag: Books on Demand GmbH,Norderstedt
ISBN Nr.: 13-9783837087093

Inhalt

Tod

Unbegreiflich.

Unwiederbringlich.

Hilflos-haltlos!

Ich möchte schreien.

Warum!

Trauer

Man wartet darauf, dass die Welt stehen bleibt.

Man wartet darauf, dass das Herz zerbricht.

Sei still mein Herz!

…und die Welt dreht sich weiter,

unaufhaltsam,

grausam!

Trost

Man findet Trost in der Familie,

man findet Trost bei Freunden,

man findet Trost im Glauben.

Den einzigen Trost allein

findest du nur

in Dir!

Hoffnung

Geschöpft aus dem Strom des Lebens,

aus dem Lauf der Zeit.

Aus der Erkenntnis

es geht weiter.

Trotzdem!

Gefühle

Nie gehofft,

ein wirres Gefühl im Kopf.

Kribbeln im Bauch,

Sausen in den Ohren.

Herzklopfen.

Du!

Verliebt

Bin verletzlich,

traurig,

glücklich,

unruhig,

nachdenklich,

albern.

VERLIEBT !

Gewitter

Wenn man einen Regenschirm hat,

regnet es nicht.

Es bricht über uns herein,

Ohne Vorwarnung-

unvorbereitet!

So wie unser Streit,

ich stehe da, ohne Regenschirm.

Im Regen!

Trennung

Sich trennen ist ein bisschen wie sterben,

habe ich einmal zu Dir gesagt.

Nun stehen wir hier,

Scherben in den Händen.

Sich trennen ist ein bisschen wie sterben !

Fühlst DU es auch!

Freude

Es strampelt,

es boxt,

es lauscht,

es schläft,

es lebt!

Ich spüre DICH!

Mein Kind !

Du bist da

Endlich!

Hoffen und Bangen,

Angst und Sorge,

Tränen und Schmerz,

Erleichterung und Freude.

Der erste Schrei!

Willkommen im Leben !

Ein Wunder

Du liegst in Deinem Bettchen,

so winzig, so zart,

ich streichel Dir über's Haar-

du lächelst im Schlaf.

Ein Wunder!

Mein Sohn !

Leben

Aufstehen, Einatmen,

Sonnenstrahlen, Regen,

Geschäftiges Treiben,

Schwimmen auf der Welle des Lebens.

Zuhause!

Ruhe!

Für Dich

Die Sterne vom Himmel holen,

die Wolken wegschieben,

immer Sonnenschein.

Luftballons in allen Farben,

jeden Kummer fernhalten.

Für Dein Lachen und

das Leuchten

in Deinen Augen!

Wütend

Ich bin wütend,

verwirrt , enttäuscht,

erschüttert, aufgewühlt.

Welch ein Gefühl!

So stark!

Beängstigend!

Ziel

Mit dem Rücken zur Wand

Gibt es nur eine Richtung-
Nach vorn!

Kraftvoll, zornig,

das Ziel vor Augen.

So gehe ich-

Der Weg ist mein Ziel!

DU

Ruhig geworden,

zielsicher, mutig.

War es Deine Hand,

die meinen Weg bestimmt,

mich geleitet hat?

Meine Gedanken gelenkt,

mich gestärkt hat?

Ich habe meinen Weg gefunden!

Durch Dich?

Gibt es Gott?

Gibt es Gott?
hast Du mich gefragt.

Was sollte ich Dir antworten?

Man muss es spüren, es selber spüren.

Man kann ihn nicht sehen!

Ja, habe ich gesagt,
es gibt Gott!

Er lenkt mein Tun, jeden Tag
und begleitet mich!

Das spüre ich, und Du wirst es auch,

eines Tages, heute, jetzt!

Zu schnell

Es war doch erst gestern
als sie Dich mir in die Arme legten!

Es war doch erst gestern,
als Du die ersten Schritte machtest!

Es war doch erst gestern,
als Du die ersten Worte sprachst!

Es ist schon heute,
wenn Du die Arme um mich legst
und mich groß anschaust!

Die Zeit vergeht wie im Fluge
und aus kleinen Leuten
werden zu schnell
große!

Kinder

Sie sind unser Glück,

schlaflose Nächte,

Sonnenschein, Regenschauer.

Sie sind unsere härtesten Kritiker,

lieben uns bedingungslos,

meist fröhlich, unbeschwert,

manchmal launisch, unausstehlich,

-   einfach liebenswert!

Unsere Kinder.

Zeit

Manchmal möchte ich sie zurückdrehen.
Sie rast vorbei, ohne anzuhalten!

Manchmal möchte ich, dass sie stillsteht,
für einen Moment, eine Stunde, einen Tag!

Zeit haben- für viele Dinge,
Freunde, Familie,
für mich selbst!

Wie wenig Zeit wir haben, stellen wir fest,
wenn unsere Zeit um ist!

Daher sollten wir hin und wieder die Zeit anhalten und uns
einfach Zeit nehmen!

Älter werden

Alle reden davon, wie furchtbar es
ist,
wenn man die 50 erreicht hat.

Man hätte Ängste und die Zeit rennt einem davon.

Jetzt bin auch ich da,
verstehen kann ich sie jedoch nicht!

Bin genauso albern wie gestern,
nichts hat sich verändert - ich auch nicht!

Doch- ich bin gelassener geworden,
auch mir gegenüber!

Und lache über die Anderen!

Ich bin aufgeregt und neugierig auf das weitere Leben,
habe so viele Ideen!

Hallo Leben, ich komme !

Freundschaft

Mit dir ging ich schon viele schöne Wege,

wir gingen auch schon viele traurige.

Wir lachen und weinen zusammen,

geben uns Trost und Hilfe in schweren Zeiten,

finden noch nach so vielen Jahren Worte füreinander!

Freundschaft überdauert sogar manche Lieben-

Danke, für dein immer Dasein !

Ins Licht

Wir fahren auf unserer Straße des Lebens
und schauen kaum rechts und links und bloß nicht zurück.

Doch ab und zu machen wir Rast und bleiben
eine kurze Weile stehen.

Wir setzen uns auf eine Bank und halten inne, blicken uns
um und sehen die anderen, die an uns vorbeirasen.

Wir schauen zum Himmel und durch die Wolken
schieben sich sacht die Strahlen der Sonne.

Und ein heller Strahl fällt auf uns.
Er hüllt uns ein, ganz behutsam und warm.

Wir sitzen hier in dem Licht und erkennen, wie schön alles
um uns herum ist, sobald wir uns einmal die Zeit für eine
Rast nehmen.

Doch dann schieben sich die Wolken wieder vor und wir
reihen uns wieder ein, in den Strom der vorbeirasenden
Menschen.

Es war ein kurzer Moment nur, aber wir wissen,
bald werden wir wieder eine Rast einlegen
um im Licht zu stehen.

A wie Anfang

Loslassen

Es fällt so schwer, loszulassen!

Kinder, alte Gewohnheiten-
ja sogar die nicht mehr getragenen Schuhe!

Aber um zu neuen Ufern zu gelangen, muss man das
vertraute verlassen.

Um sich zu entwickeln, muss man loslassen.

Also- wagen wir es !

Veränderungen

Wir gehen die vertraute Straße jeden Tag, kennen jeden
Stein, jeden Baum, die Menschen, die uns begegnen!

Wir gehen die Straße, wie jeden Tag und merken, nach ein
paar Schritten, etwas hat sich verändert!

Plötzlich endet die Straße und wir stehen in einer
Sackgasse.

Wir haben es nicht bemerkt, die Veränderung .

Wir müssen nun eine neue Straße suchen, einen anderen
Weg, ungern, zögernd.

Veränderungen schmerzen!

Aber manchmal sind sie gut und notwendig!

Menschen

Du begegnest vielen Menschen im Laufe deines Lebens.

Menschen, die du liebst und die dich lieben!

Menschen, die dich nicht mögen und du sie ebenso wenig.

Menschen, die dich in deinen Bemühungen unterstützen
und solche, die dich bremsen und behindern.

Menschen, mit denen du lachen und weinen kannst.

Doch egal, welche Menschen dir begegnen-
Nimm sie, wie sie sind!

Andere wirst du hier nicht finden!

Auszeit

Manchmal brauche ich Ruhe,
die Hektik, der Lärm der Welt um mich herum
wird mir einfach zu viel.

Ich ziehe mich zurück, atme tief durch!
Setze mich irgendwo hin, schließe die Augen und träume
mich an einen anderen Ort.

Nach einer Weile merke ich, wie alle Last von mir fällt und
ich wieder ruhiger werde.

Ich atme tief durch und öffne meine Augen.

Manchmal brauche ich das,
eine Auszeit!

Träume

Seifenblasen, schillernd, schön,
zart, zerbrechlich.

Sie steigen hoch, unerreichbar.

Man möchte sie festhalten!

Doch wenn man sie berührt, ihnen zu nahe kommt,
zerplatzen sie.

So sind Träume.

Darum träume nicht, lebe!